MAURICE MAETERLINCK

Les Aveugles

(L'INTRUSE — LES AVEUGLES)

CINQUIÈME ÉDITION

BRUXELLES
PAUL LACOMBLEZ
Éditeur
31, RUE DES PAROISSIENS, 31

MDCCCXCII

LES AVEUGLES

DU MÊME AUTEUR :

Serres chaudes, 1 volume in-18 jésus . . fr. 3.00

La Princesse Maleine, drame en cinq actes, 1 volume in-18 jésus . . . . fr. 3.50

L'Ornement des noces spirituelles, de Ruysbroeck l'Admirable, traduit du flamand et accompagné d'une introduction, 1 volume in-18 jésus . . fr. 4.00

Les Sept Princesses, drame, 1 volume in-18 jésus . . . . fr. 2.00

SOUS PRESSE :

Pélléas et Mélisande, drame en cinq actes.

MAURICE MAETERLINCK

Les Aveugles

(L'INTRUSE — LES AVEUGLES)

CINQUIÈME ÉDITION

BRUXELLES
PAUL LACOMBLEZ
Éditeur
31, RUE DES PAROISSIENS, 31

MDCCCXCII

A Edmond Picard.

L'INTRUSE

PERSONNAGES

L'AIEUL. (*Il est aveugle.*)

LE PÈRE.

L'ONCLE.

LES TROIS FILLES.

LA SŒUR DE CHARITÉ.

LA SERVANTE.

—

La scène dans les temps modernes.

L'INTRUSE

Une salle assez sombre en un vieux château. Une porte à droite, une porte à gauche et une petite porte masquée, dans un angle. Au fond, des fenêtres à vitraux où domine le vert, et une porte vitrée s'ouvrant sur une terrasse. Une grande horloge flamande en un coin. Une lampe allumée.

LES TROIS FILLES.

Venez ici, grand-père, asseyez-vous sous la lampe.

L'AÏEUL.

Il me semble qu'il ne fait pas très clair ici.

LE PÈRE.

Allons-nous sur la terrasse, ou restons-nous dans cette chambre?

L'ONCLE.

Ne vaudrait-il pas mieux rester ici? Il a plu toute la semaine et ces nuits sont humides et froides.

LA FILLE AÎNÉE.

Il y a des étoiles cependant.

L'ONCLE.

Oh! les étoiles, ça ne prouve rien.

L'AÏEUL.

Il vaut mieux rester ici, on ne sait pas ce qui peut arriver.

LE PÈRE.

Il ne faut plus avoir d'inquiétudes. Il n'y a plus de danger, elle est sauvée...

L'AÏEUL.

Je crois qu'elle ne va pas bien...

LE PÈRE.

Pourquoi dites-vous cela?

L'AÏEUL.

J'ai entendu sa voix.

LE PÈRE.

Mais puisque les médecins affirment que nous pouvons être tranquilles...

L'ONCLE.

Vous savez bien que votre beau-père aime à nous inquiéter inutilement.

L'AÏEUL.

Je n'y vois pas comme vous autres.

L'ONCLE.

Il faut vous en rapporter alors à nous autres, qui voyons. Elle avait très bonne mine cette après-midi. Elle dort profondément maintenant, et nous n'allons pas empoisonner inutilement la première bonne soirée que le hasard nous donne... Il me semble que nous avons le droit de nous reposer, et même de rire un peu, sans avoir peur, ce soir.

LE PÈRE.

C'est vrai, c'est la première fois que je me sens chez moi, au milieu des miens depuis cet accouchement terrible.

L'ONCLE.

Une fois que la maladie est entrée dans une maison, on dirait qu'il y a un étranger dans la famille.

LE PÈRE.

Mais alors, on voit aussi qu'en dehors de la famille, il ne faut compter sur personne.

L'ONCLE.

Vous avez bien raison.

L'AÏEUL.

Pourquoi n'ai-je pu voir ma pauvre fille aujourd'hui?

L'ONCLE.

Vous savez bien que le médecin l'a défendu.

L'AÏEUL.

Je ne sais pas ce qu'il faut que je pense...

L'ONCLE.

Il est inutile de vous inquiéter.

L'AÏEUL (*indiquant la porte à gauche*).

Elle ne peut pas nous entendre?

LE PÈRE.

Nous ne parlerons pas trop haut; d'ailleurs la porte est très épaisse, et puis la sœur de charité est avec elle, et nous avertirait si nous faisions trop de bruit.

L'AÏEUL (*indiquant la porte à droite*).

Il ne peut pas nous entendre?

LE PÈRE.

Non, non.

L'AÏEUL.

Il dort?

LE PÈRE.

Je suppose que oui.

L'AÏEUL.

Il faudrait aller voir.

L'ONCLE.

Il m'inquiéterait plus que votre femme, ce petit. Voilà plusieurs semaines qu'il est né, et il a remué à peine ; il n'a pas poussé un seul cri jusqu'ici ; on dirait un enfant de cire.

L'AÏEUL.

Je crois qu'il sera sourd, et peut-être muet. . Voilà ce que c'est que les mariages consanguins...

(*Silence réprobateur.*)

LE PÈRE.

Je lui en veux presque du mal qu'il a fait à sa mère.

L'ONCLE.

Il faut être raisonnable ; ce n'est pas sa faute au pauvre petit. — Il est tout seul dans cette chambre?

LE PÈRE.

Oui, le médecin ne veut plus qu'il reste dans la chambre de sa mère.

L'ONCLE.

Mais la nourrice est avec lui ?

LE PÈRE.

Non, elle est allée se reposer un moment ;

elle l'a bien gagné depuis ces jours derniers. — Ursule, va voir un peu s'il dort.

LA FILLE AÎNÉE.

Oui, mon père.

(*Les trois sœurs se lèvent, et, se tenant par la main, entrent dans la chambre, à droite.*)

LE PÈRE.

A quelle heure notre sœur viendra-t-elle ?

L'ONCLE.

Je crois qu'elle viendra vers neuf heures.

LE PÈRE.

Il est neuf heures passées. Je voudrais qu'elle vienne ce soir ; ma femme tient beaucoup à la voir.

L'ONCLE.

Il est certain qu'elle viendra. C'est la première fois qu'elle vienne ici ?

LE PÈRE.

Elle n'est jamais entrée dans la maison.

L'ONCLE.

Il lui est très difficile de quitter son couvent.

LE PÈRE.

Elle sera seule?

L'ONCLE.

Je pense qu'une des nonnes l'accompagnera. Elles ne peuvent pas sortir seules.

LE PÈRE.

Elle est la supérieure cependant.

L'ONCLE.

La règle est la même pour toutes.

L'AÏEUL.

Vous n'avez plus d'inquiétudes?

L'ONCLE.

Pourquoi donc aurions-nous des inquiétudes? Il ne faut plus revenir là-dessus. Il n'y a plus rien à craindre.

L'AÏEUL.

Votre sœur est plus âgée que vous?

L'ONCLE.

Elle est l'aînée de nous tous.

L'AÏEUL.

Je ne sais pas ce que j'ai ; je ne suis pas tranquille. Je voudrais que votre sœur fût ici.

L'ONCLE.

Elle viendra ; elle l'a promis.

L'AÏEUL.

Je voudrais que cette soirée fût passée !

(*Rentrent les trois filles.*)

LE PÈRE.

Il dort ?

LA FILLE AÎNÉE.

Oui, mon père, très profondément.

L'ONCLE.

Qu'allons-nous faire en attendant ?

L'AÏEUL.

En attendant quoi ?

L'ONCLE.

En attendant notre sœur.

LE PÈRE.

Tu ne vois rien venir, Ursule?

LA FILLE AÎNÉE (*à la fenêtre*).

Non, mon père.

LE PÈRE.

Et dans l'avenue? — Tu vois l'avenue?

LA FILLE.

Oui, mon père; il y a clair de lune, et je vois l'avenue jusqu'aux bois de cyprès.

L'AÏEUL.

Et tu ne vois personne, Ursule?

LA FILLE.

Personne, grand-père.

L'ONCLE.

Quel temps fait-il?

LA FILLE.

Il fait très beau; entendez-vous les rossignols?

L'ONCLE.

Oui, oui.

LA FILLE.

Un peu de vent s'élève dans l'avenue.

L'AÏEUL.

Un peu de vent dans l'avenue, Ursule ?

LA FILLE.

Oui, les arbres tremblent un peu.

L'ONCLE.

C'est étonnant que ma sœur ne soit pas encore ici.

L'AÏEUL.

Je n'entends plus les rossignols, Ursule.

LA FILLE.

Je crois que quelqu'un est entré dans le jardin, grand-père.

L'AÏEUL.

Qui est-ce ?

LA FILLE.

Je ne sais pas, je ne vois personne.

L'ONCLE.

C'est qu'il n'y a personne.

LA FILLE.

Il doit y avoir quelqu'un dans le jardin : les rossignols se sont tus tout à coup.

L'AÏEUL.

Je n'entends pas marcher cependant.

LA FILLE.

Il faut que quelqu'un passe près de l'étang, car les cygnes ont peur.

UNE AUTRE FILLE.

Tous les poissons de l'étang plongent subitement.

LE PÈRE.

Tu ne vois personne ?

LA FILLE.

Personne, mon père.

LE PÈRE.

Mais cependant, l'étang est dans le clair de lune...

LA FILLE.

Oui; je vois que les cygnes ont peur.

L'ONCLE.

Je suis sûr que c'est ma sœur qui les effraie. Elle sera entrée par la petite porte.

LE PÈRE.

Je ne m'explique pas pourquoi les chiens n'aboient point.

LA FILLE.

Je vois le chien de garde tout au fond de sa niche. — Les cygnes vont vers l'autre rive!...

L'ONCLE.

Ils ont peur de ma sœur. Je vais voir. (*Il appelle.*) Ma sœur! ma sœur! Est-ce toi? — Il n'y a personne.

LA FILLE.

Je suis sûre que quelqu'un est entré dans le jardin. Vous allez voir.

L'ONCLE.

Mais elle me répondrait!

L'AÏEUL.

Est-ce que les rossignols ne recommencent pas à chanter, Ursule?

LA FILLE.

Je n'en entends plus un seul dans toute la campagne.

L'AÏEUL.

Il n'y a pas de bruit cependant.

LE PÈRE.

Il y a un silence de mort.

L'AÏEUL.

Il faut que ce soit un inconnu qui les effraie, car si c'était quelqu'un de la maison, ils ne se tairaient pas.

LA FILLE.

Il y en a un sur le grand saule pleureur. — Il s'envole !...

L'ONCLE.

Allez-vous vous occuper des rossignols à présent?

L'AÏEUL.

Toutes les fenêtres sont-elles ouvertes, Ursule?

LA FILLE.

La porte vitrée est ouverte, grand-père.

L'AÏEUL.

Il me semble que le froid entre dans la chambre.

LA FILLE.

Il y a un peu de vent dans le jardin, grand-père, et les roses s'effeuillent.

LE PÈRE.

Eh bien, ferme la porte, Ursule. Il est tard.

LA FILLE.

Oui, mon père. — Je ne peux pas fermer la porte, mon père.

LES DEUX AUTRES FILLES.

Nous ne pouvons pas fermer la porte.

L'AÏEUL.

Qu'y a-t-il donc à la porte, mes filles?

L'ONCLE.

Il ne faut pas dire cela d'une voix extraordinaire. Je vais les aider.

LA FILLE AÎNÉE.

Nous ne parvenons pas à la fermer tout à fait.

L'ONCLE.

C'est à cause de l'humidité. Appuyons ensemble. Il faut qu'il y ait quelque chose entre les battants.

LE PÈRE.

Le menuisier l'arrangera demain.

L'AÏEUL.

Est-ce que le menuisier vient demain ?

LA FILLE.

Oui, grand-père, il vient travailler dans la cave.

L'AÏEUL.

Il va faire du bruit dans la maison !...

LA FILLE.

Je lui dirai de travailler doucement.

(*On entend, tout à coup, le bruit d'une faux qu'on aiguise au dehors.*)

L'AÏEUL (*tressaillant*).

Oh!

L'ONCLE.

Ursule, qu'est-ce que c'est?

LA FILLE.

Je ne sais pas au juste; je crois que c'est le jardinier. Je ne vois pas bien, il est dans l'ombre de la maison.

LE PÈRE.

C'est le jardinier qui va faucher.

L'ONCLE.

Il fauche pendant la nuit?

LE PÈRE.

N'est-ce pas dimanche, demain? — Oui. — J'ai remarqué que l'herbe était très haute autour de la maison.

L'AÏEUL.

Il me semble que sa faux fait tant de bruit...

LA FILLE.

Il fauche autour de la maison.

L'AÏEUL.

L'aperçois-tu, Ursule?

LA FILLE.

Non, grand-père, il est dans l'obscurité.

L'AÏEUL.

Il me semble que sa faux fait tant de bruit...

LA FILLE.

C'est que vous avez l'oreille très fine, grand-père.

L'AÏEUL.

Je crains qu'il ne réveille ma fille.

L'ONCLE.

Nous l'entendons à peine.

L'AÏEUL.

Moi, je l'entends comme s'il fauchait dans la maison.

L'ONCLE.

La malade ne l'entendra pas ; il n'y a pas de danger.

LE PÈRE.

Il me semble que la lampe ne brûle pas bien ce soir.

L'ONCLE.

Il faudrait y mettre de l'huile.

LE PÈRE.

J'en ai vu mettre ce matin. Elle brûle mal depuis qu'on a fermé la fenêtre.

L'ONCLE.

Je crois que le verre est voilé.

LE PÈRE.

Elle brûlera mieux tout à l'heure.

LA FILLE.

Grand-père s'est endormi. Il n'a pas dormi depuis trois nuits.

LE PÈRE.

Il a eu bien des inquiétudes.

L'ONCLE.

Il s'inquiète toujours outre mesure. Il y a des moments où il ne veut pas entendre raison.

LE PÈRE.

C'est assez excusable à son âge.

L'ONCLE.

Dieu sait où nous en serons à son âge !

LE PÈRE.

Il a près de quatre-vingts ans.

L'ONCLE.

Alors, on a le droit d'être étrange.

LE PÈRE.

Peut-être serons-nous plus étranges que lui.

L'ONCLE.

On ne sait pas ce qui peut arriver. Il est drôle à certains moments.

LE PÈRE.

Il est comme tous les aveugles.

L'ONCLE.

Ils réfléchissent un peu trop.

LE PÈRE.

Ils ont trop de temps à perdre.

L'ONCLE.

Ils n'ont pas autre chose à faire.

LE PÈRE.

Et puis, ils n'ont aucune distraction.

L'ONCLE.

Cela doit être terrible.

LE PÈRE.

Il paraît qu'on s'y habitue.

L'ONCLE.

Je ne puis pas me l'imaginer.

LE PÈRE.

Il est certain qu'ils sont à plaindre.

L'ONCLE.

Ne pas savoir où l'on est, ne pas savoir d'où l'on vient, ne pas savoir où l'on va, ne plus distinguer midi de minuit, ni l'été de l'hiver... et toujours ces ténèbres, ces ténèbres... j'aimerais mieux ne plus vivre... Est-ce que c'est absolument incurable?

LE PÈRE.

Il paraît que oui.

L'ONCLE.

Mais il n'est pas absolument aveugle?

LE PÈRE.

Il distingue les grandes clartés.

L'ONCLE.

Ayons soin de nos pauvres yeux.

LE PÈRE.

Il a souvent d'étranges idées.

L'ONCLE.

Il y a des moments où il n'est pas amusant.

LE PÈRE.

Il dit absolument tout ce qu'il pense.

L'ONCLE.

Mais dans le temps, il n'était pas ainsi?

LE PÈRE.

Mais non; dans le temps il était aussi raisonnable que nous; il ne disait rien d'extraordinaire. Il est vrai qu'Ursule l'encourage un peu trop; elle répond à toutes ses questions...

L'ONCLE.

Il vaudrait mieux ne pas répondre, c'est lui rendre un mauvais service.

(*Dix heures sonnent.*)

L'AÏEUL (*s'éveillant*).

Suis-je tourné ve.s la porte vitrée?

LA FILLE.

Vous avez bien dormi, grand-père?

L'AÏEUL.

Suis-je tourné vers la porte vitrée?

LA FILLE.

Oui, grand-père.

L'AÏEUL.

Il n'y a personne à la porte vitrée?

LA FILLE.

Mais non, grand-père, je ne vois personne.

L'AÏEUL.

Je croyais que quelqu'un attendait. Il n'est venu personne, Ursule?

LA FILLE.

Personne, grand-père.

L'AÏEUL (*à l'oncle et au père*).

Et votre sœur n'est pas venue?

L'ONCLE.

Il est trop tard; elle ne viendra plus; ce n'est pas gentil de sa part.

LE PÈRE.

Elle commence à m'inquiéter.

(*On entend un bruit, comme de quelqu'un qui entre dans la maison.*)

L'ONCLE.

Elle est là! avez-vous entendu?

LE PÈRE.

Oui; quelqu'un est entré par les souterrains.

L'ONCLE.

Il faut que ce soit notre sœur. J'ai reconnu son pas.

L'AÏEUL.

J'ai entendu marcher lentement.

LE PÈRE.

Elle est entrée très doucement.

L'ONCLE.

Elle sait qu'il y a un malade.

L'AÏEUL.

Je n'entends plus rien maintenant.

L'ONCLE.

Elle montera immédiatement, on lui dira que nous sommes ici.

LE PÈRE.

Je suis heureux qu'elle soit venue.

L'ONCLE.

J'étais sûr qu'elle viendrait ce soir.

L'AÏEUL.

Elle tarde bien à monter.

L'ONCLE.

Il faut cependant que ce soit elle.

LE PÈRE.

Nous n'attendons pas d'autres visites.

L'AÏEUL.

Je n'entends aucun bruit dans les souterrains.

LE PÈRE.

Je vais appeler la servante ; nous saurons à quoi nous en tenir.

(Il tire un cordon de sonnette.)

L'AÏEUL.

J'entends déjà du bruit dans l'escalier.

LE PÈRE.

C'est la servante qui monte.

L'AÏEUL.

Il me semble qu'elle n'est pas seule.

LE PÈRE.

C'est la servante qui fait tant de bruit...

L'AÏEUL.

Il me semble qu'elle n'est pas seule.

LE PÈRE.

Elle devient d'une grosseur effrayante; je crois qu'elle est hydropique.

L'ONCLE.

Il serait temps de s'en débarrasser; vous allez l'avoir sur les bras.

L'AÏEUL.

J'entends les pas de votre sœur!

LE PÈRE.

Je n'entends, moi, que la servante.

L'AÏEUL.

C'est votre sœur! c'est votre sœur!

(*On frappe à la petite porte.*)

L'ONCLE.

Elle frappe à la porte de l'escalier dérobé.

LE PÈRE.

Je vais ouvrir moi-même, parce que cette petite porte fait trop de bruit; elle ne sert que lorsqu'on veut entrer dans la chambre sans qu'on s'en aperçoive. (*Il entr'ouvre la petite porte; la servante reste dehors, dans l'entre-bâillement.*) Où êtes-vous?

LA SERVANTE.

Ici, Monsieur.

L'AÏEUL.

Votre sœur est à la porte?

L'ONCLE.

Je ne vois que la servante.

LE PÈRE.

Il n'y a que la servante. (*A la servante.*) Qui est-ce qui est entré dans la maison?

LA SERVANTE.

Entré dans la maison, Monsieur?

LE PÈRE.

Oui, quelqu'un est venu tout à l'heure?

LA SERVANTE.

Personne n'est venu, Monsieur.

L'AÏEUL.

Qui est-ce qui soupire ainsi?

L'ONCLE.

C'est la servante, elle est essoufflée.

L'AÏEUL.

Est-ce qu'elle pleure?

L'ONCLE.

Mais non; pourquoi pleurerait-elle?

LE PÈRE (*à la servante*).

Quelqu'un n'est-il pas entré, tout à l'heure?

LA SERVANTE.

Mais non, Monsieur.

LE PÈRE.

Mais nous avons entendu ouvrir la porte!

LA SERVANTE.

C'est moi qui ai fermé la porte, Monsieur.

LE PÈRE.

Elle était ouverte?

LA SERVANTE.

Oui, Monsieur.

LE PÈRE.

Pourquoi était-elle ouverte, à cette heure?

LA SERVANTE.

Je ne sais pas, Monsieur, moi je l'avais fermée.

LE PÈRE.

Mais alors, qui est-ce qui l'a ouverte?

LA SERVANTE.

Je ne sais, pas, Monsieur, il faut que quelqu'un soit sorti après moi, Monsieur.

LE PÈRE.

Il faut faire attention. — Mais ne poussez donc pas la porte ; vous savez bien qu'elle fait du bruit !

LA SERVANTE.

Mais, Monsieur, je ne touche pas à la porte !

LE PÈRE.

Mais si ! vous poussez comme si vous vouliez entrer dans la chambre !

LA SERVANTE.

Mais, Monsieur, je suis à trois pas de la porte !

LE PÈRE.

Parlez un peu moins haut.

L'AÏEUL.

Est-ce qu'on éteint la lumière ?

LA FILLE AÎNÉE.

Mais non, grand-père.

L'AÏEUL.

Il me semble qu'il fait noir tout à coup.

LE PÈRE (*à la servante*).

Vous pouvez descendre maintenant ; mais ne faites plus tant de bruit dans l'escalier.

LA SERVANTE.

Je n'ai pas fait de bruit dans l'escalier, Monsieur.

LE PÈRE.

Je vous dis que vous avez fait du bruit ; descendez doucement ; vous éveilleriez Madame.

LA SERVANTE.

Ce n'est pas moi qui ai fait du bruit, Monsieur.

LE PÈRE.

Et s'il venait quelqu'un, maintenant, dites que nous n'y sommes pas.

L'ONCLE.

Oui, dites que nous n'y sommes pas !

L'AÏEUL (*tressaillant*).

Il ne fallait pas dire cela !

LE PÈRE.

... Si ce n'est pour ma sœur et pour le médecin.

L'ONCLE

A quelle heure le médecin viendra-t-il?

LE PÈRE.

Il ne pourra pas venir avant minuit.

(Il ferme la porte. On entend sonner onze heures.)

L'AÏEUL.

Elle est entrée?

LE PÈRE.

Qui donc?

L'AÏEUL.

La servante?

LE PÈRE.

Mais non, elle est descendue.

L'AÏEUL.

Je croyais qu'elle s'était assise à la table.

L'ONCLE.

La servante?

L'AÏEUL.

Oui.

L'ONCLE.

Il ne manquerait plus que cela!

L'AÏEUL.

Personne n'est entré dans la chambre?

LE PÈRE.

Mais non, personne n'est entré.

L'AÏEUL.

Et votre sœur n'est pas ici?

L'ONCLE.

Notre sœur n'est pas venue; où sont donc vos idées?

L'AÏEUL.

Vous voulez me tromper!

L'ONCLE.

Vous tromper?

L'AÏEUL.

Ursule, dis-moi la vérité, pour l'amour de Dieu !

LA FILLE AINÉE.

Grand-père ! grand-père ! qu'est-ce que vous avez ?

L'AÏEUL.

Il est arrivé quelque chose !... Je suis sûr que ma fille est plus mal !...

L'ONCLE.

Est-ce que vous rêvez ?

L'AÏEUL.

Vous ne voulez pas me le dire !... Je vois bien qu'il y a quelque chose !...

L'ONCLE.

En ce cas, vous voyez mieux que nous.

L'AÏEUL.

Ursule, dis-moi la vérité !

LA FILLE.

Mais on vous dit la vérité, grand-père !

L'AÏEUL.

Tu n'as pas ta voix ordinaire !

LE PÈRE.

C'est parce que vous l'effrayez.

L'AÏEUL.

Votre voix est changée, elle aussi !

LE PÈRE.

Mais vous devenez fou !

(*Lui et l'Oncle se font des signes d'intelligence, pour se persuader que l'Aïeul a perdu la raison.*)

L'AÏEUL.

J'entends bien que vous avez peur !

LE PÈRE.

Mais de quoi donc aurions-nous peur ?

L'AÏEUL.

Pourquoi voulez-vous me tromper ?

L'ONCLE.

Qui est-ce qui songe à vous tromper ?

L'AÏEUL.

Pourquoi avez-vous éteint la lumière?

L'ONCLE.

Mais on n'a pas éteint la lumière; il fait aussi clair qu'auparavant.

LA FILLE.

Il me semble que la lampe a baissé.

LE PÈRE.

J'y vois aussi clair que d'habitude.

L'AÏEUL.

J'ai des meules de moulin sur les yeux! Mes filles, dites-moi donc ce qui arrive ici! dites-le-moi pour l'amour de Dieu, vous autres qui voyez! Je suis ici, tout seul, dans des ténèbres sans fin! Je ne sais pas qui vient s'asseoir à côté de moi! Je ne sais plus ce qui se passe à deux pas de moi!... Pourquoi parliez-vous à voix basse, tout à l'heure?

LE PÈRE.

Personne n'a parlé à voix basse.

L'AÏEUL.

Vous avez parlé à voix basse, à la porte.

LE PÈRE.

Vous avez entendu tout ce que j'ai dit.

L'AÏEUL.

Vous avez introduit quelqu'un dans la chambre ?

LE PÈRE.

Mais je vous dis que personne n'est entré !

L'AÏEUL.

Est-ce votre sœur ou un prêtre ? — il ne faut pas essayer de me tromper. — Ursule, qui est-ce qui est entré ?

LA FILLE.

Personne, grand-père.

L'AÏEUL.

Il ne faut pas essayer de me tromper ; je sais ce que je sais ! — Combien sommes-nous ici ?

LA FILLE.

Nous sommes six autour de la table, grand-père.

L'AÏEUL.

Vous êtes tous autour de la table?

LA FILLE.

Oui, grand-père.

L'AÏEUL.

Vous êtes là, Paul?

LE PÈRE.

Oui.

L'AÏEUL.

Vous êtes là, Olivier?

L'ONCLE.

Mais oui; mais oui; je suis ici, à ma place ordinaire. Ce n'est pas sérieux, n'est-ce pas?

L'AÏEUL.

Tu es là, Geneviève?

UNE DES FILLES.

Oui, grand-père.

L'AÏEUL.

Tu es là, Gertrude?

UNE AUTRE FILLE.

Oui, grand-père.

L'AÏEUL.

Tu es ici, Ursule?

LA FILLE AÎNÉE.

Oui, grand-père, à côté de vous.

L'AÏEUL.

Et qui est-ce qui s'est assis là?

LA FILLE.

Où donc, grand-père? — Il n'y a personne.

L'AÏEUL.

Là, là, au milieu de nous?

LA FILLE.

Mais il n'y a personne, grand-père!

LE PÈRE.

On vous dit qu'il n'y a personne!

L'AÏEUL.

Mais vous ne voyez pas, vous autres!

L'ONCLE.

Voyons, vous voulez rire?

L'AÏEUL.

Je n'ai pas envie de rire, je vous assure.

L'ONCLE.

Alors, croyez-en ceux qui voient.

L'AÏEUL (*indécis*).

Je croyais qu'il y avait quelqu'un... Je crois que je ne vivrai plus longtemps...

L'ONCLE.

Pourquoi irions-nous vous tromper? à quoi cela servirait-il?

LE PÈRE.

Il faudrait bien vous dire la vérité.

L'ONCLE.

A quoi bon se tromper mutuellement?

LE PÈRE.

Vous ne pourriez pas vivre longtemps dans l'erreur.

L'AÏEUL.

Je voudrais être chez moi !

LE PÈRE.

Mais vous êtes chez vous ici !

L'ONCLE.

Ne sommes-nous pas chez nous ?

LE PÈRE.

Etes-vous chez des étrangers ?

L'ONCLE.

Vous êtes étrange ce soir.

L'AÏEUL.

C'est vous autres qui me semblez étranges !

LE PÈRE.

Vous manque-t-il quelque chose ?

L'AÏEUL.

Je ne sais pas ce que j'ai !

L'ONCLE.

Voulez-vous prendre quelque chose?

LA FILLE AÎNÉE.

Grand-père, grand-père, que vous faut-il, grand-père?

L'AÏEUL.

Donnez-moi vos petites mains, mes filles.

LES TROIS FILLES.

Oui, grand-père.

L'AÏEUL.

Pourquoi tremblez-vous toutes les trois, mes filles?

LA FILLE AÎNÉE.

Nous ne tremblons presque pas, grand-père.

L'AÏEUL.

Je crois que vous êtes pâles toutes les trois.

LA FILLE AÎNÉE.

Il est tard, grand-père, et nous sommes fatiguées.

LE PÈRE.

Il faudrait aller vous coucher et grand-père aussi ferait mieux de prendre un peu de repos.

L'AÏEUL.

Je ne pourrais pas dormir cette nuit!

L'ONCLE.

Nous attendrons le médecin.

L'AÏEUL.

Préparez-moi à la vérité!

L'ONCLE.

Mais il n'y a pas de vérité!

L'AÏEUL.

Alors, je ne sais pas ce qu'il y a!

L'ONCLE.

Je vous dis qu'il n'y a rien du tout!

L'AÏEUL.

Je voudrais voir ma pauvre fille!

LE PÈRE.

Mais vous savez bien que c'est impossible; il ne faut pas l'éveiller inutilement.

L'ONCLE.

Vous la verrez demain.

L'AÏEUL.

On n'entend aucun bruit dans sa chambre.

L'ONCLE.

Je serais inquiet si j'entendais du bruit.

L'AÏEUL.

Il y a bien longtemps que je n'ai vu ma fille!... Je lui ai pris les mains hier au soir et je ne la voyais pas!... Je ne sais plus ce qu'elle devient... Je ne sais plus comment elle est... Je ne connais plus son visage... Elle doit être changée depuis ces semaines!... J'ai senti les petits os de ses joues sous mes mains... Il n'y a plus que les ténèbres entre elle et moi, et vous tous!... Ce n'est plus vivre ainsi... ce n'est pas vivre cela!... Vous êtes là, tous, les yeux ouverts à regarder mes yeux morts, et pas un de vous n'a pitié!... Je ne sais pas ce que j'ai... on ne dit jamais ce qu'il faudrait dire... et tout est effrayant lorsqu'on y songe... Mais pourquoi ne parlez-vous plus, maintenant?

L'ONCLE.

Que voulez-vous que nous disions, puisque vous ne voulez pas nous croire?

L'AÏEUL.

Vous avez peur de vous trahir!

LE PÈRE.

Mais soyez donc raisonnable, à la fin!

L'AÏEUL.

Il y a longtemps que l'on me cache quelque chose ici!... Il s'est passé quelque chose dans la maison... Mais je commence à comprendre maintenant... Il y a trop longtemps qu'on me trompe! — Vous croyez donc que je ne saurai jamais rien? — Il y a des moments où je suis moins aveugle que vous, vous savez?... Est-ce que je ne vous entends pas chuchoter, depuis des jours et des jours, comme si vous étiez dans la maison d'un pendu? — Je n'ose pas dire ce que je sais ce soir... Mais je saurai la vérité!... J'attendrai que vous disiez la vérité; mais il y a longtemps que je le sais, malgré vous! — Et maintenant, je sens que vous êtes tous plus pâles que des morts!

LES TROIS FILLES.

Grand-père! grand-père! Qu'avez-vous donc, grand-père?

L'AÏEUL.

Ce n'est pas de vous que je parle, mes filles, non, ce n'est pas de vous que je parle... Je sais bien que vous m'apprendriez la vérité, s'ils n'étaient pas autour de vous!... Et d'ailleurs je suis sûr qu'ils vous trompent aussi... Vous verrez, mes filles, vous verrez!... Est-ce que je ne vous entends pas sangloter toutes les trois?

L'ONCLE.

Moi, je ne reste pas ici.

LE PÈRE.

Est-ce que, vraiment, ma femme est si mal?...

L'AÏEUL.

Il ne faut plus essayer de me tromper; il est trop tard maintenant, et je sais la vérité mieux que vous!...

L'ONCLE.

Mais enfin, nous ne sommes pas aveugles, nous!

LE PÈRE.

Voulez-vous entrer dans la chambre de votre fille? Il y a ici un malentendu et une erreur qui doivent finir. — Voulez-vous?

L'AÏEUL.

Non; non, pas maintenant... pas encore...

L'ONCLE.

Vous voyez bien que vous n'êtes pas raisonnable.

L'AÏEUL.

On ne sait jamais tout ce qu'un homme n'a pas pu dire dans sa vie!... — Qui est-ce qui fait ce bruit?

LA FILLE AÎNÉE.

C'est la lampe qui palpite ainsi, grand-père.

L'AÏEUL.

Il me semble qu'elle est bien inquiète... bien inquiète...

LA FILLE.

C'est le vent froid qui la tourmente... c'est le vent froid qui la tourmente...

L'ONCLE.

Il n'y a pas de vent froid, les fenêtres sont fermées.

LA FILLE.

Je crois qu'elle va s'éteindre.

LE PÈRE.

Il n'y a plus d'huile.

LA FILLE.

Elle s'éteint tout à fait.

LE PÈRE.

Nous ne pouvons pas rester ainsi dans les ténèbres.

L'ONCLE.

Pourquoi pas? — J'y suis déjà habitué.

LE PÈRE.

Il y a de la lumière dans la chambre de ma femme.

L'ONCLE.

Nous en prendrons tout à l'heure, quand le médecin sera venu.

LE PÈRE.

Il est vrai qu'on y voit assez ; il y a la clarté du dehors.

L'AÏEUL.

Est-ce qu'il fait clair dehors?

LE PÈRE.

Plus clair qu'ici.

L'ONCLE.

Moi, j'aime autant causer dans l'obscurité.

LE PÈRE.

Moi aussi.

(Silence.)

L'AÏEUL.

Il me semble que l'horloge fait tant de bruit !...

LA FILLE AÎNÉE.

C'est parce qu'on ne parle plus, grand-père.

L'AÏEUL.

Mais pourquoi vous taisez-vous tous ?

L'ONCLE.

De quoi voulez-vous que nous parlions ? — Vous n'êtes pas sérieux ce soir.

L'AÏEUL.

Est-ce qu'il fait très noir dans la chambre ?

L'ONCLE.

Il n'y fait pas très clair.

(*Silence.*)

L'AÏEUL.

Je ne me sens pas bien, Ursule ; ouvre un peu la fenêtre.

LE PÈRE.

Oui, ma fille ouvre un peu la fenêtre; je commence à avoir besoin d'air, moi aussi.

(*La fille ouvre une fenêtre.*)

L'ONCLE.

Je crois positivement que nous sommes restés enfermés trop longtemps.

L'AÏEUL.

Est-ce que la fenêtre est ouverte, Ursule?

LA FILLE.

Oui, grand-père, elle est grande ouverte.

L'AÏEUL.

On ne dirait pas qu'elle est ouverte; il ne vient aucun bruit du dehors.

LA FILLE.

Non, grand-père, il n'y a pas le moindre bruit.

LE PÈRE.

Il y a un silence extraordinaire.

LA FILLE.

On entendrait marcher un ange.

L'ONCLE.

Voilà pourquoi je n'aime pas la campagne.

L'AÏEUL.

Je voudrais entendre un peu de bruit. Quelle heure est-il, Ursule?

LA FILLE.

Minuit bientôt, grand-père.

(*Ici l'Oncle se met à marcher de long en large dans la chambre.*)

L'AÏEUL.

Qui est-ce qui marche ainsi, autour de nous?

L'ONCLE.

C'est moi, c'est moi, n'ayez pas peur. J'éprouve le besoin de marcher un peu. (*Silence.*) — Mais je vais me rasseoir; — je ne vois pas où je vais.

(*Silence.*)

L'AÏEUL.

Je voudrais être ailleurs!

LA FILLE.

Où voudriez-vous aller, grand-père?

L'AÏEUL.

Je ne sais pas où — dans une autre chambre, n'importe où! n'importe où!...

LE PÈRE.

Où irions-nous?

L'ONCLE.

Il est trop tard pour aller ailleurs.

(*Silence. Ils sont assis, immobiles, autour de la table.*)

L'AÏEUL.

Qu'est-ce que j'entends, Ursule?

LA FILLE.

Rien, grand-père, ce sont des feuilles qui tombent; — oui, ce sont des feuilles qui tombent sur la terrasse.

L'AÏEUL.

Va fermer la fenêtre, Ursule.

LA FILLE.

Oui, grand-père.

(*Elle ferme la fenêtre et revient s'asseoir.*)

L'AÏEUL.

J'ai froid. (*Silence. Les trois sœurs s'embrassent.*) Qu'est-ce que j'entends maintenant?

LE PÈRE.

Ce sont les trois sœurs qui s'embrassent.

L'ONCLE.

Il me semble qu'elles sont bien pâles, ce soir.

(*Silence.*)

L'AÏEUL.

Qu'est-ce que j'entends maintenant, Ursule?

LA FILLE.

Rien, grand-père ; ce sont mes mains que j'ai jointes.

(Silence.)

L'AÏEUL.

Qu'est-ce que j'entends, qu'est-ce que j'entends, Ursule?

LA FILLE.

Je ne sais pas, grand-père... peut-être mes sœurs qui tremblent un peu ?

L'AÏEUL.

J'ai peur aussi, mes filles.

(Ici un rayon de lune pénètre par un coin des vitraux et répand, çà et là, quelques lueurs étranges dans la chambre. Minuit sonne et, au dernier coup, il semble, à certains, qu'on entende, très vaguement, un bruit comme de quelqu'un qui se lèverait en toute hâte.)

L'AÏEUL (*tressaillant d'une épouvante spéciale.*)

Qui est-ce qui s'est levé?

L'ONCLE.

On ne s'est pas levé!

LE PÈRE.

Je ne me suis pas levé!

LES TROIS FILLES.

Moi non plus! — Moi non plus! — Moi non plus!

L'AÏEUL.

Il y a quelqu'un qui s'est levé de table!

L'ONCLE.

Allumez la lumière!

(*Ici on entend tout à coup un vagissement d'épouvante, à droite, dans la chambre de l'enfant ; et ce vagissement continue avec des gradations de terreur, jusqu'à la fin de la scène.*)

LE PÈRE.

Ecoutez! l'enfant!

L'ONCLE.

Il n'a jamais pleuré!

LE PÈRE.

Allons voir!

L'ONCLE.

La lumière! la lumière!

(*En ce moment, on entend courir à pas précipités et sourds, dans la chambre à gauche. — Ensuite, un silence de mort. — Ils écoutent dans une muette terreur, jusqu'à ce que la porte de cette chambre s'ouvre lentement, la clarté de la pièce voisine s'irrue dans la salle, et la* Sœur de Charité *paraît sur le seuil, en ses vêtements noirs, et s'incline en faisant le signe de la croix, pour annoncer la mort de la femme. Ils comprennent, et, après un moment d'indécision et d'effroi, entrent en silence dans la chambre mortuaire, tandis que l'Oncle, sur le pas de la porte, s'efface poliment, pour laisser passer les trois jeunes filles. L'Aveugle, resté seul, se lève et s'agite, à tâtons, autour de la table, dans les ténèbres.)*

L'AÏEUL.

Où allez-vous? — Où allez-vous? — Elles m'ont laissé tout seul!

FIN DE L'INTRUSE.

LES AVEUGLES

A Charles Van Lerberghe.

PERSONNAGES.

LE PRÊTRE.

TROIS AVEUGLES-NÉS.

LE PLUS VIEIL AVEUGLE.

LE CINQUIÈME AVEUGLE.

LE SIXIÈME AVEUGLE.

TROIS VIEILLES AVEUGLES EN PRIÈRE.

LA PLUS VIEILLE AVEUGLE.

UNE JEUNE AVEUGLE.

UNE AVEUGLE FOLLE.

LES AVEUGLES

Une très ancienne forêt septentrionale, d'aspect éternel sous un ciel profondément étoilé. — Au milieu, et vers le fond de la nuit, est assis un très vieux prêtre enveloppé d'un large manteau noir. Le buste et la tête, légèrement renversés et mortellement immobiles s'appuyent contre le tronc d'un chêne énorme et caverneux. La face est affreusement pâle et d'une immuable lividité de cire où s'entr'ouvrent les lèvres violettes. Les yeux muets et fixes ne regardent plus du côté visible de l'éternité, et semblent ensanglantés sous un grand nombre de douleurs immémoriales et de larmes. Les cheveux, d'une blancheur très grave, retombent en mèches roides et rares, sur le visage plus éclairé et plus las que tout ce qui l'entoure dans le silence attentif de la morne forêt. Les mains extrêmement maigres, sont rigidement jointes sur les cuisses. — A droite, six vieillards aveugles sont assis sur des pierres, des souches et des feuilles mortes. — A gauche, et séparées d'eux par un arbre déraciné et des quartiers de roc, six femmes, également aveugles, sont assises en face des vieillards. Trois d'entre elles prient et se lamentent d'une voix sourde et sans interruption. Une autre est extrêmement vieille. La cinquième, en une attitude de muette démence, porte, sur les genoux, un petit enfant endormi. La sixième est étrangement jeune et sa chevelure inonde tout son être. Elles ont, ainsi que les vieillards, d'amples vêtements, sombres et uniformes. La plupart attendent les coudes sur les genoux et le visage entre les mains ; et tous semblent avoir perdu l'habitude du geste inutile et ne détournent plus la tête aux rumeurs étouffées et inquiètes de l'Ile. De grands arbres funéraires, des ifs, des saules pleureurs, des cyprès, les couvrent de leurs ombres fidèles. Une touffe de longs asphodèles maladifs fleurit, non loin du prêtre, dans la nuit. Il fait extraordinairement sombre, malgré le clair de lune qui çà et là, s'efforce d'écarter un moment les ténèbres des feuillages.

—

PREMIER AVEUGLE-NÉ.

Il ne revient pas encore ?

DEUXIÈME AVEUGLE-NÉ.

Vous m'avez éveillé !

PREMIER AVEUGLE-NÉ

Je dormais aussi.

TROISIÈME AVEUGLE-NÉ.

Je dormais aussi.

PREMIER AVEUGLE-NÉ.

Il ne vient pas encore?

DEUXIÈME AVEUGLE-NÉ.

Je n'entends rien venir.

TROISIÈME AVEUGLE-NÉ.

Il serait temps de rentrer à l'hospice.

PREMIER AVEUGLE-NÉ.

Il faudrait savoir où nous sommes.

DEUXIÈME AVEUGLE-NÉ.

Il fait froid depuis son départ.

PREMIER AVEUGLE-NÉ.

Il faudrait savoir où nous sommes!

LE PLUS VIEIL AVEUGLE.

Y a-t-il quelqu'un qui sache où nous sommes?

LA PLUS VIEILLE AVEUGLE.

Nous avons marché très longtemps; nous devons être très loin de l'hospice.

PREMIER AVEUGLE-NÉ.

Ah! les femmes sont en face de nous ?

LA PLUS VIEILLE AVEUGLE.

Nous sommes assises en face de vous.

PREMIER AVEUGLE-NÉ.

Attendez, je viens près de vous. (*Il se lève et tâtonne.*) — Où êtes-vous ? — Parlez! que j'entende où vous êtes !

LA PLUS VIEILLE AVEUGLE.

Ici ; nous sommes assises sur des pierres.

PREMIER AVEUGLE-NÉ.

(*Il s'avance et se heurte contre le tronc d'arbre et les quartiers de roc.*) Il y a quelque chose entre nous...

DEUXIÈME AVEUGLE-NÉ.

Il vaut mieux rester à sa place!

TROISIÈME AVEUGLE-NÉ.

Où êtes-vous assises ? — Voulez-vous venir auprès de nous ?

LA PLUS VIEILLE AVEUGLE.

Nous n'osons pas nous lever!

TROISIÈME AVEUGLE-NÉ.

Pourquoi nous a-t-il séparés?

PREMIER AVEUGLE-NÉ.

J'entends prier du côté des femmes.

DEUXIÈME AVEUGLE-NÉ.

Oui ; ce sont les trois vieilles qui prient.

PREMIER AVEUGLE-NÉ.

Ce n'est pas le moment de prier!

DEUXIÈME AVEUGLE-NÉ.

Vous prierez tout à l'heure, au dortoir!

(*Les trois vieilles continuent leurs prières.*)

TROISIÈME AVEUGLE-NÉ.

Je voudrais savoir à côté de qui je suis assis?

DEUXIÈME AVEUGLE-NÉ.

Je crois que je suis près de vous.

(*Ils tâtonnent autour d'eux.*)

TROISIÈME AVEUGLE-NÉ.

Nous ne pouvons pas nous toucher!

PREMIER AVEUGLÉ-NE

Cependant, nous ne sommes pas loin l'un de l'autre. (*Il tâtonne autour de lui, et heurte de son bâton le cinquième aveugle, qui gémit sourdement.*) Celui qui n'entend pas est à côté de nous !

PREMIER AVEUGLE-NÉ.

Je n'entends pas tout le monde; nous étions six tout à l'heure.

PREMIER AVEUGLE-NÉ.

Je commence à me rendre compte. Interrogeons aussi les femmes; il faut savoir à quoi s'en tenir. J'entends toujours prier les trois vieilles; est-ce qu'elles sont ensemble ?

LA PLUS VIEILLE AVEUGLE.

Elles sont assises à côté de moi, sur un rocher.

PREMIER AVEUGLE-NÉ.

Je suis assis sur des feuilles mortes !

TROISIÈME AVEUGLE-NÉ.

Et la belle aveugle, où est-elle?

LA PLUS VIEILLE AVEUGLE.

Elle est près de celles qui prient.

DEUXIÈME AVEUGLE-NÉ.

Où est la folle et son enfant?

LA JEUNE AVEUGLE.

Il dort; ne l'éveillez pas!

PREMIER AVEUGLE-NÉ.

Oh! comme vous êtes loin de nous! Je vous croyais en face de moi!

TROISIÈME AVEUGLE-NÉ.

Nous savons, à peu près, tout ce qu'il faut savoir; causons un peu, en attendant le retour du prêtre.

LA PLUS VIEILLE AVEUGLE.

Il nous a dit de l'attendre en silence.

TROISIÈME AVEUGLE-NÉ.

Nous ne sommes pas dans une église.

LA PLUS VIEILLE AVEUGLE.

Vous ne savez pas où nous sommes.

TROISIÈME AVEUGLE-NÉ.

J'ai peur quand je ne parle pas.

DEUXIÈME AVEUGLE-NÉ.

Savez-vous où est allé le prêtre ?

TROISIÈME AVEUGLE-NÉ.

Il me semble qu'il nous abandonne trop longtemps.

PREMIER AVEUGLE-NÉ.

Il devient trop vieux. Il paraît que lui-même n'y voit plus depuis quelque temps. Il ne veut pas l'avouer, de peur qu'un autre ne vienne prendre sa place parmi nous ; mais je soupçonne qu'il n'y voit presque plus. Il nous faudrait un autre guide ; il ne nous écoute plus, et nous devenons trop nombreux. Il n'y a que les trois religieuses et lui qui voient dans la maison ; et ils sont tous plus vieux que nous ! — Je suis sûr qu'il nous a égarés et qu'il cherche le chemin. Où est-il allé ? — Il n'a pas le droit de nous laisser ici...

LE PLUS VIEIL AVEUGLE.

Il est allé très loin; je crois qu'il l'a dit aux femmes.

PREMIER AVEUGLE-NÉ.

Il ne parle plus qu'aux femmes? — Est-ce que nous n'existons plus? — Il faudra bien s'en plaindre à la fin!

LE PLUS VIEIL AVEUGLE.

A qui vous en plaindrez-vous?

PREMIER AVEUGLE-NÉ.

Je ne sais pas encore; nous verrons; nous verrons. — Mais où donc est-il allé? — Je le demande aux femmes.

LA PLUS VIEILLE AVEUGLE.

Il était fatigué d'avoir marché si longtemps. Je crois qu'il s'est assis un moment au milieu de nous. Il est très triste et très faible depuis quelques jours. Il a peur depuis que le médecin est mort. Il est seul. Il ne parle presque plus. Je ne sais ce qui est arrivé. Il voulait absolument sortir aujourd'hui. Il disait qu'il voulait voir l'Ile, une dernière fois, sous le soleil, avant l'hiver. Il paraît que l'hiver sera très long et très froid et que les glaces viennent déjà du Nord. Il était très inquiet aussi; on dit que les grands orages de ces jours passés ont gonflé le fleuve et que toutes les digues sont ébranlées. Il disait aussi que la mer l'effrayait; il paraît qu'elle s'agite sans raison, et que les falaises de l'Ile ne sont plus assez hautes. Il voulait voir; mais il ne nous a pas dit ce qu'il a vu. — Maintenant, je crois qu'il est allé chercher du pain et de l'eau pour la folle. Il a dit qu'il lui faudrait aller très loin, peut-être. Il faut attendre.

LA JEUNE AVEUGLE.

Il m'a pris les mains en partant; et ses mains tremblaient comme s'il avait eu peur. Puis il m'a embrassée...

PREMIER AVEUGLE-NÉ.

Oh! oh!

LA JEUNE AVEUGLE.

Je lui ai demandé ce qui était arrivé. Il m'a dit qu'il ne savait pas ce qui allait arriver. Il m'a dit que le règne des vieillards allait finir, peut-être...

PREMIER AVEUGLE-NÉ.

Que voulait-il dire, en disant cela?

LA JEUNE AVEUGLE.

Je ne l'ai pas compris. Il m'a dit qu'il allait du côté du grand phare.

PREMIER AVEUGLE-NÉ.

Y a-t-il un phare ici?

LA JEUNE AVEUGLE.

Oui, au Nord de l'Ile. Je crois que nous n'en sommes pas éloignés. Il disait qu'il voyait la clarté du fanal jusqu'ici, dans les feuilles. Il ne m'a jamais semblé plus triste qu'aujourd'hui, et je crois qu'il pleurait depuis quelques jours. Je ne sais pas pourquoi je pleurais aussi sans le voir. Je ne l'ai pas entendu s'en aller Je ne l'ai plus interrogé. J'entendais qu'il souriait trop gravement; j'entendais qu'il fermait les yeux et qu'il voulait se taire...

PREMIER AVEUGLE-NÉ.

Il ne nous a rien dit de tout cela !

LA JEUNE AVEUGLE.

Vous ne l'écoutez pas quand il parle !

LA PLUS VIEILLE AVEUGLE.

Vous murmurez tous quand il parle !

DEUXIÈME AVEUGLE-NÉ.

Il nous a dit simplement « Bonne nuit » en s'en allant.

TROISIÈME AVEUGLE-NÉ.

Il faut qu'il soit bien tard.

PREMIER AVEUGLE-NÉ.

Il a dit deux ou trois fois « Bonne nuit » en s'en allant, comme s'il allait dormir. J'entendais qu'il me regardait en disant « Bonne nuit; bonne nuit. » — La voix change quand on regarde quelqu'un fixement.

LE CINQUIÈME AVEUGLE.

Ayez pitié de ceux qui ne voient pas !

PREMIER AVEUGLE-NÉ.

Qui est-ce qui parle ainsi sans raison?

DEUXIÈME AVEUGLE-NÉ.

Je crois que c'est celui qui n'entend pas.

PREMIER AVEUGLE-NÉ.

Taisez-vous! — ce n'est plus le moment de mendier!

TROISIÈME AVEUGLE-NÉ.

Où allait-il chercher du pain et de l'eau?

LA PLUS VIEILLE AVEUGLE.

Il est allé du côté de la mer.

TROISIÈME AVEUGLE-NÉ.

On ne va pas ainsi vers la mer à son âge!

DEUXIÈME AVEUGLE-NÉ.

Sommes-nous près de la mer?

LA VIEILLE AVEUGLE.

Oui; taisez-vous un instant; vous l'entendrez.

(Murmure d'une mer voisine et très calme contre les falaises.)

DEUXIÈME AVEUGLE-NÉ.

Je n'entends que les trois vieilles qui prient.

LA PLUS VIEILLE AVEUGLE.

Ecoutez bien, vous l'entendrez à travers leurs prières.

DEUXIÈME AVEUGLE-NÉ.

Oui; j'entends quelque chose qui n'est pas loin de nous.

LE PLUS VIEIL AVEUGLE.

Elle était endormie; on dirait qu'elle s'éveille.

PREMIER AVEUGLE-NÉ.

Il a eu tort de nous mener ici; je n'aime pas à entendre ce bruit.

LE PLUS VIEIL AVEUGLE.

Vous savez bien que l'Ile n'est pas grande, et qu'on l'entend, dès qu'on sort de l'enclos de l'hospice.

DEUXIÈME AVEUGLE-NÉ.

Je ne l'ai jamais écouté.

TROISIÈME AVEUGLE-NÉ.

Il me semble qu'elle est à côté de nous aujourd'hui ; je n'aime pas à l'entendre de près.

DEUXIÈME AVEUGLE-NÉ.

Moi non plus ; d'ailleurs, nous ne demandions pas à sortir de l'hospice.

TROISIÈME AVEUGLE-NÉ.

Nous ne sommes jamais venus jusqu'ici ; il était inutile de nous mener si loin.

LA PLUS VIEILLE AVEUGLE.

Il faisait très beau ce matin ; il a voulu nous faire jouir des derniers jours de soleil, avant de nous enfermer tout l'hiver dans l'hospice...

PREMIER AVEUGLE-NÉ.

Mais j'aime mieux rester dans l'hospice !

LA PLUS VIEILLE AVEUGLE.

Il disait aussi qu'il nous fallait connaître un peu la petite île où nous sommes. Lui-même ne l'a jamais entièrement parcourue ; il y a une montagne où personne n'a monté, des vallées où l'on n'aime pas à descendre et des grottes où nul n'a pénétré jusqu'ici. Il disait enfin qu'il ne fallait pas toujours attendre le soleil sous les voûtes du dortoir; il voulait nous mener jusqu'au bord de la mer. Il y est allé seul.

LE PLUS VIEIL AVEUGLE.

Il a raison; il faut songer à vivre.

PREMIER AVEUGLE-NÉ.

Mais il n'y a rien à voir au dehors!

DEUXIÈME AVEUGLE-NÉ.

Sommes-nous au soleil, maintenant?

TROISIÈME AVEUGLE-NÉ.

Y-a-t-il encore du soleil?

LE SIXIÈME AVEUGLE.

Je ne crois pas; il me semble qu'il est très tard.

DEUXIÈME AVEUGLE-NÉ.

Quelle heure est-il?

LES AUTRES AVEUGLES.

Je ne sais pas. — Personne ne le sait.

DEUXIÈME AVEUGLE-NÉ.

Est-ce qu'il fait clair encore ! (*Au sixième aveugle*) — Où êtes-vous ? — Voyons ; vous qui voyez un peu, voyons !

LE SIXIÈME AVEUGLE.

Je crois qu'il fait très noir ; quand il y a du soleil, je vois une ligne bleue sous mes paupières ; j'en ai vu une, il y a très longtemps ; mais maintenant, je n'aperçois plus rien.

PREMIER AVEUGLE-NÉ.

Moi, je sais qu'il est tard quand j'ai faim, et j'ai faim.

TROISIÈME AVEUGLE-NÉ.

Mais regardez le ciel ; vous y verrez peut-être quelque chose !

(*Tous lèvent la tête vers le ciel, à l'exception des trois aveugles-nés qui continuent de regarder la terre.*)

LE SIXIÈME AVEUGLE.

Je ne sais si nous sommes sous le ciel.

PREMIER AVEUGLE-NÉ.

La voix résonne comme si nous étions dans une grotte.

LE PLUS VIEIL AVEUGLE.

Je crois plutôt qu'elle résonne ainsi parce que c'est le soir.

LA JEUNE AVEUGLE.

Il me semble que je sens le clair de lune sur mes mains.

LA PLUS VIEILLE AVEUGLE.

Je crois qu'il y a des étoiles; je les entends.

LA JEUNE AVEUGLE.

Moi aussi.

PREMIER AVEUGLE-NÉ.

Je n'entends aucun bruit.

DEUXIÈME AVEUGLE-NÉ.

Je n'entends que le bruit de nos souffles!

LE PLUS VIEIL AVEUGLE.

Je crois que les femmes ont raison.

PREMIER AVEUGLE-NÉ.

Je n'ai jamais entendu les étoiles.

LES DEUX AUTRES AVEUGLES-NÉS.

Nous non plus.

(*Un vol d'oiseaux nocturnes s'abat subitement dans les feuillages.*)

DEUXIÈME AVEUGLE-NÉ.

Ecoutez! écoutez! — Qu'y-a-t-il au-dessus de nous? — Entendez-vous?

LE PLUS VIEIL AVEUGLE.

Quelque chose a passé entre le ciel et nous!

LE SIXIÈME AVEUGLE.

Il y a quelque chose qui s'agite au-dessus de nos têtes; mais nous ne pouvons pas y atteindre!

PREMIER AVEUGLE-NÉ.

Je ne connais pas la nature de ce bruit. — Je voudrais rentrer à l'hospice.

DEUXIÈME AVEUGLE-NÉ.

Il faudrait savoir où nous sommes !

LE SIXIÈME AVEUGLE.

J'ai essayé de me lever ; il n'y a que des épines autour de moi ; je n'ose plus étendre les mains.

TROISIÈME AVEUGLE-NÉ.

Il faudrait savoir où nous sommes !

LE PLUS VIEIL AVEUGLE.

Nous ne pouvons pas le savoir !

LE SIXIÈME AVEUGLE.

Il faut que nous soyons très loin de la maison ; je ne comprends plus aucun bruit.

TROISIÈME AVEUGLE-NÉ.

Depuis longtemps, je sens l'odeur des feuilles mortes !

LE SIXIÈME AVEUGLE.

Quelqu'un a-t-il vu l'Ile autrefois et peut-il nous dire où nous sommes ?

LA PLUS VIEILLE AVEUGLE.

Nous étions tous aveugles en arrivant ici.

PREMIER AVEUGLE-NÉ.

Nous n'avons jamais vu.

DEUXIÈME AVEUGLE-NÉ.

Ne nous inquiétons pas inutilement; il reviendra bientôt; attendons encore; mais à l'avenir, nous ne sortirons plus avec lui.

LE PLUS VIEIL AVEUGLE.

Nous ne pouvons pas sortir seuls!

PREMIER AVEUGLE-NÉ.

Nous ne sortirons plus, j'aime mieux ne pas sortir.

DEUXIÈME AVEUGLE-NÉ.

Nous n'avions pas envie de sortir, personne ne l'avait demandé.

LA PLUS VIEILLE AVEUGLE.

C'était jour de fête dans l'Ile; nous sortons toujours aux grandes fêtes.

TROISIÈME AVEUGLE-NÉ.

Il est venu me frapper sur l'épaule pendant que je dormais encore, en me disant :

Levez-vous, levez-vous, il est temps, il y a du soleil ! — Y en avait-il ? Je ne m'en suis pas aperçu. Je n'ai jamais vu le soleil.

LE PLUS VIEIL AVEUGLE.

Moi, j'ai vu le soleil lorsque j'étais très jeune.

LA PLUS VIEILLE AVEUGLE.

Moi aussi ; il y a très longtemps ; lorsque j'étais enfant ; mais je ne m'en souviens presque plus.

TROISIÈME AVEUGLE-NÉ.

Pourquoi veut-il que nous sortions chaque fois qu'il y a du soleil ? Qui est-ce qui s'en aperçoit ? Je ne sais jamais si je me promène à midi ou à minuit.

LE SIXIÈME AVEUGLE.

J'aime mieux sortir à midi ; je soupçonne alors de grandes clartés ; et mes yeux font de grands efforts pour s'ouvrir.

TROISIÈME AVEUGLE-NÉ.

Je préfère rester au réfectoire, auprès du feu de houille ; il y avait un grand feu ce matin...

DEUXIÈME AVEUGLE-NÉ.

Il pouvait nous mener au soleil dans la cour; on est à l'abri des murailles; on ne peut pas sortir, il n'y a rien à craindre quand la porte est fermée; — je la ferme toujours. — Pourquoi me touchez-vous le coude gauche?

PREMIER AVEUGLE-NÉ.

Je ne vous ai pas touché; je ne peux pas vous atteindre.

DEUXIÈME AVEUGLE-NÉ.

Je vous dis que quelqu'un m'a touché le coude!

PREMIER AVEUGLE-NÉ.

Ce n'est pas un de nous.

DEUXIÈME AVEUGLE-NÉ.

Je voudrais m'en aller!

LA PLUS VIEILLE AVEUGLE.

Mon Dieu! mon Dieu! dites-nous donc où nous sommes!

PREMIER AVEUGLE-NÉ.

Nous ne pouvons pas attendre éternellement !

(Une horloge très lointaine sonne douze coups très lents.)

LA PLUS VIEILLE AVEUGLE.

Oh ! comme nous sommes loin de l'hospice !

LE PLUS VIEIL AVEUGLE.

Il est minuit !

DEUXIÈME AVEUGLE-NÉ.

Il est midi ! — Quelqu'un le sait-il ? — Parlez !

LE SIXIÈME AVEUGLE.

Je ne sais pas ; mais je crois que nous sommes à l'ombre.

PREMIER AVEUGLE-NÉ.

Je ne m'y reconnais plus ; nous avons dormi trop longtemps !

DEUXIÈME AVEUGLE-NÉ.

J'ai faim !

LES AUTRES AVEUGLES.

Nous avons faim et soif!

DEUXIÈME AVEUGLE-NÉ.

Y a-t-il longtemps que nous sommes ici?

LA PLUS VIEILLE AVEUGLE.

Il me semble que je suis ici depuis des siècles!

LE SIXIÈME AVEUGLE.

Je commence à comprendre où nous sommes...

TROISIÈME AVEUGLE-NÉ.

Il faudrait aller du côté où minuit est sonné...

(*Tous les oiseaux nocturnes exultent subitement dans les ténèbres.*)

PREMIER AVEUGLE-NÉ.

Entendez-vous? — Entendez-vous?

DEUXIÈME AVEUGLE-NÉ.

Nous ne sommes pas seuls ici!

TROISIÈME AVEUGLE-NÉ.

Il y a longtemps que je me doute de quelque chose; on nous écoute. — Est-il revenu?

PREMIER AVEUGLE-NÉ.

Je ne sais pas ce que c'est; c'est au-dessus de nous.

DEUXIÈME AVEUGLE-NÉ.

Les autres n'ont-ils rien entendu? — Vous vous taisez toujours!

LE PLUS VIEIL AVEUGLE.

Nous écoutons encore.

LA JEUNE AVEUGLE.

J'entends des ailes autour de moi!

LA PLUS VIEILLE AVEUGLE.

Mon Dieu! mon Dieu! dites-nous donc où nous sommes!

LE SIXIÈME AVEUGLE.

Je commence à comprendre où nous sommes... L'hospice est de l'autre côté du grand fleuve; nous avons passé le vieux pont. Il nous a conduits au nord de l'Ile. Nous ne sommes pas loin du fleuve, et peut-être l'entendrions-nous si nous écoutions un moment... Il faudrait aller jusqu'au bord de l'eau s'il ne revenait pas... Il y passe, jour et nuit, de grands navires et les matelots nous apercevront sur les rives. Il se peut que nous soyons dans la forêt qui entoure le phare; mais je n'en connais pas l'issue... Quelqu'un veut-il me suivre?

PREMIER AVEUGLE-NÉ.

Restons assis! — Attendons, attendons; — on ne connaît pas la direction du grand fleuve, et il y a des marais tout autour de l'hospice; attendons, attendons... Il reviendra; il faut qu'il revienne!

LE SIXIÈME AVEUGLE.

Quelqu'un sait-il par où nous sommes venus ici? Il nous l'a expliqué en marchant.

PREMIER AVEUGLE-NÉ.

Je n'y ai pas fait attention.

LE SIXIÈME AVEUGLE.

Quelqu'un l'a-t-il écouté?

TROISIÈME AVEUGLE-NÉ.

Il faut l'écouter à l'avenir.

LE SIXIÈME AVEUGLE.

Quelqu'un de nous est-il né dans l'Ile?

LE PLUS VIEIL AVEUGLE.

Vous savez bien que nous venons d'ailleurs.

LA PLUS VIEILLE AVEUGLE.

Nous venons de l'autre côté de la mer.

PREMIER AVEUGLE-NÉ.

J'ai cru mourir pendant la traversée.

DEUXIÈME AVEUGLE-NÉ.

Moi aussi; — nous sommes venus ensemble.

TROISIÈME AVEUGLE-NÉ.

Nous sommes tous les trois de la même paroisse.

PREMIER AVEUGLE-NÉ.

On dit qu'on peut la voir d'ici, par un temps clair; — vers le Nord. — Elle n'a pas de clocher.

TROISIÈME AVEUGLE-NÉ.

Nous avons abordé par hasard.

LA PLUS VIEILLE AVEUGLE.

Je viens d'un autre côté...

DEUXIÈME AVEUGLE-NÉ.

D'où venez-vous?

LA PLUS VIEILLE AVEUGLE.

Je n'ose plus y songer... Je ne m'en souviens presque plus quand j'en parle... Il y a trop longtemps... Il y faisait plus froid qu'ici...

LA JEUNE AVEUGLE.

Moi, je viens de très loin...

PREMIER AVEUGLE-NÉ.

D'où venez-vous donc?

LA JEUNE AVEUGLE.

Je ne pourrais pas vous le dire. Comment voulez-vous que je vous l'explique? — C'est trop loin d'ici; c'est au delà des mers. Je viens d'un grand pays... Je ne pourrais le montrer que par des signes; mais nous n'y voyons plus... J'ai erré trop longtemps... Mais j'ai vu le soleil et l'eau et le feu, des montagnes, des visages et d'étranges fleurs... Il n'y en a pas de pareilles dans cette Ile; il y fait trop sombre et trop froid... Je n'en ai plus reconnu le parfum depuis que je n'y vois plus... Mais j'ai vu mes parents et mes sœurs.. J'étais trop jeune alors pour savoir où j'étais... Je jouais encore au bord de la mer... Mais comme je me souviens d'avoir vu!... Un jour, je regardais la neige du haut d'une montagne... Je commençais à distinguer ceux qui seront malheureux...

PREMIER AVEUGLE-NÉ.

Que voulez-vous dire?

LA JEUNE AVEUGLE.

Je les distingue encore à leur voix par moments... J'ai des souvenirs qui sont plus clairs quand je n'y pense pas...

PREMIER AVEUGLE-NÉ.

Moi, je n'ai pas de souvenirs...

(Un vol de grands oiseaux migrateurs passe avec des cla-

meurs au-dessus des feuillages.)

LE PLUS VIEIL AVEUGLE.

Quelque chose passe encore sous le ciel !

DEUXIÈME AVEUGLE-NÉ.

Pourquoi êtes-vous venue ici?

LE PLUS VIEIL AVEUGLE.

A qui demandez-vous cela ?

DEUXIÈME AVEUGLE-NÉ.

A notre jeune sœur.

LA JEUNE AVEUGLE.

On m'avait dit qu'il pouvait me guérir. Il m'a dit que je verrai un jour ; alors je pourrai quitter l'Ile...

PREMIER AVEUGLE-NÉ.

Nous voudrions tous quitter l'Ile !

DEUXIÈME AVEUGLE-NÉ.

Nous resterons toujours ici !

TROISIÈME AVEUGLE-NÉ.

Il est trop vieux; il n'aura pas le temps de nous guérir!

LA JEUNE AVEUGLE.

Mes paupières sont fermées, mais je sens que mes yeux sont en vie...

PREMIER AVEUGLE-NÉ.

Les miennes sont ouvertes.

DEUXIÈME AVEUGLE-NÉ.

Je dors les yeux ouverts.

TROISIÈME AVEUGLE-NÉ.

Ne parlons pas de nos yeux!

DEUXIÈME AVEUGLE-NÉ.

Il n'y a pas longtemps que vous êtes ici?

LE PLUS VIEIL AVEUGLE.

J'ai entendu un soir, pendant la prière, du côté des femmes, une voix que je ne connaissais pas; et j'entendais à votre voix que vous étiez très jeune... J'aurais voulu vous voir, à vous entendre...

PREMIER AVEUGLE-NÉ.

Je ne m'en suis pas aperçu.

DEUXIÈME AVEUGLE-NÉ.

Il ne nous avertit jamais!

LE SIXIÈME AVEUGLE.

On dit que vous êtes belle comme une femme qui vient de très loin?

LA JEUNE AVEUGLE.

Je ne me suis jamais vue.

LE PLUS VIEIL AVEUGLE.

Nous ne nous sommes jamais vus les uns les autres. Nous nous interrogeons et nous nous répondons; nous vivons ensemble, nous sommes toujours ensemble, mais nous ne savons pas ce que nous sommes!... Nous avons beau nous toucher des deux mains; les yeux en savent plus que les mains...

LE SIXIÈME AVEUGLE.

Je vois parfois vos ombres quand vous êtes au soleil.

LE PLUS VIEIL AVEUGLE.

Nous n'avons jamais vu la maison où nous vivons; nous avons beau tâter les murs et les fenêtres; nous ne savons pas où nous vivons!...

LA PLUS VIEILLE AVEUGLE.

On dit que c'est un vieux château très sombre et très misérable, on n'y voit jamais de lumière, si ce n'est dans la tour où se trouve la chambre du prêtre.

PREMIER AVEUGLE-NÉ.

Il ne faut pas de lumière à ceux qui ne voient pas.

LE SIXIÈME AVEUGLE.

Quand je garde le troupeau, aux environs de l'hospice, les brebis rentrent d'elles-mêmes, en apercevant, le soir, cette lumière de la tour... — Elles ne m'ont jamais égaré.

LE PLUS VIEIL AVEUGLE.

Voilà des années et des années que nous sommes ensemble, et nous ne nous sommes jamais aperçus ! On dirait que nous sommes toujours seuls !... Il faut voir pour aimer...

LA PLUS VIEILLE AVEUGLE.

Je rêve parfois que je vois...

LE PLUS VIEIL AVEUGLE.

Moi, je ne vois que quand je rêve...

PREMIER AVEUGLE-NÉ.

Je ne rêve, d'ordinaire, qu'à minuit.

DEUXIÈME AVEUGLE-NÉ.

A quoi peut-on rêver quand les mains sont immobiles ?

(*Une rafale ébranle la forêt, et les feuilles tombent en masses sombres.*)

LE CINQUIÈME AVEUGLE.

Qui est-ce qui m'a touché les mains ?

PREMIER AVEUGLE-NÉ.

Quelque chose tombe autour de nous !

LE PLUS VIEIL AVEUGLE.

Cela vient d'en haut ; je ne sais ce que c'est...

LE CINQUIÈME AVEUGLE.

Qui est-ce qui m'a touché les mains ? — J'étais endormi ; laissez-moi dormir !

LE PLUS VIEIL AVEUGLE.

Personne n'a touché vos mains.

LE CINQUIÈME AVEUGLE.

Qui est-ce qui m'a pris les mains ? répondez à haute voix, j'ai l'oreille un peu dure...

LE PLUS VIEIL AVEUGLE.

Nous ne le savons pas nous-mêmes.

LE CINQUIÈME AVEUGLE.

Est-on venu nous avertir ?

PREMIER AVEUGLE-NÉ.

Il est inutile de répondre ; il n'entend rien.

TROISIÈME AVEUGLE-NÉ.

Il faut avouer que les sourds sont bien malheureux !

LE PLUS VIEIL AVEUGLE.

Je suis las d'être assis !

LE SIXIÈME AVEUGLE.

Je suis las d'être ici !

DEUXIÈME AVEUGLE-NÉ.

Il me semble que nous sommes si loin les uns des autres... Essayons de nous rapprocher un peu ; — il commence à faire froid...

TROISIÈME AVEUGLE-NÉ.

Je n'ose pas me lever! il vaut mieux rester à sa place.

LE PLUS VIEIL AVEUGLE.

On ne sait pas ce qu'il peut y avoir entre nous.

LE SIXIÈME AVEUGLE.

Je crois que mes deux mains sont en sang; j'ai voulu me mettre debout.

TROISIÈME AVEUGLE-NÉ.

J'entends que vous vous penchez vers moi.

(L'aveugle folle se frotte violemment les yeux en gémissant et en se tournant obstinément vers le prêtre immobile.)

PREMIER AVEUGLE-NÉ.

J'entends encore un autre bruit...

LA PLUS VIEILLE AVEUGLE.

Je crois que c'est notre pauvre sœur qui se frotte les yeux.

DEUXIÈME AVEUGLE-NÉ.

Elle ne fait jamais autre chose ; je l'entends toutes les nuits.

TROISIÈME AVEUGLE-NÉ.

Elle est folle ; elle ne dit jamais rien.

LA PLUS VIEILLE AVEUGLE.

Elle ne parle plus depuis qu'elle a eu son enfant.. Elle semble toujours avoir peur...

LE PLUS VIEIL AVEUGLE.

Vous n'avez donc pas peur ici ?

PREMIER AVEUGLE-NÉ.

Qui donc?

LE PLUS VIEIL AVEUGLE.

Nous autres tous !

LA PLUS VIEILLE AVEUGLE.

Oui, oui, nous avons peur!

LA JEUNE AVEUGLE.

Nous avons peur depuis longtemps!

PREMIER AVEUGLE-NÉ.

Pourquoi demandez-vous cela?

LE PLUS VIEIL AVEUGLE.

Je ne sais pas pourquoi je le demande!... Il y a quelque chose que je ne comprends pas... Il me semble que j'entends pleurer tout à coup parmi nous!...

PREMIER AVEUGLE-NÉ.

Il ne faut pas avoir peur; je crois que c'est la folle...

LE PLUS VIEIL AVEUGLE.

Il y a encore autre chose... Je suis sûr qu'il y a encore autre chose... Ce n'est pas de cela seul que j'ai peur...

LA PLUS VIELLE AVEUGLE.

Elle pleure toujours lorsqu'elle va allaiter son enfant.

PREMIER AVEUGLE-NÉ.

Il n'y a qu'elle qui pleure ainsi !

LA PLUS VIEILLE AVEUGLE.

On dit qu'elle y voit encore par moments...

PREMIER AVEUGLE-NÉ.

On n'entend pas pleurer les autres...

LE PLUS VIEIL AVEUGLE.

Il faut voir pour pleurer...

LA JEUNE AVEUGLE.

Je sens une odeur de fleurs autour de nous...

PREMIER AVEUGLE-NÉ.

Je ne sens que l'odeur de la terre !

LA JEUNE AVEUGLE.

Il y a des fleurs, il y a des fleurs autour de nous !

DEUXIÈME AVEUGLE-NÉ.

Je ne sens que l'odeur de la terre !

LA PLUS VIEILLE AVEUGLE.

J'ai senti des fleurs dans le vent...

TROISIÈME AVEUGLE-NÉ.

Je ne sens que l'odeur de la terre !

LE PLUS VIEIL AVEUGLE.

Je crois qu'elles ont raison.

LE SIXIÈME AVEUGLE.

Où sont-elles ? — J'irai les cueillir.

LA JEUNE AVEUGLE.

A votre droite, levez-vous.

(*Le sixième aveugle se lève lentement et s'avance à tâtons, en se heurtant aux buissons et aux arbres, vers les asphodèles qu'il renverse et écrase sur son passage.*)

LA JEUNE AVEUGLE.

J'entends que vous brisez des tiges vertes ! Arrêtez-vous ! arrêtez-vous !

PREMIER AVEUGLE-NÉ.

Ne vous inquiétez pas des fleurs, mais songez au retour !

LE SIXIÈME AVEUGLE.

Je n'ose plus revenir sur mes pas!

LA JEUNE AVEUGLE.

Il ne faut pas revenir! — Attendez. — (*Elle se lève.*) — Oh! comme la terre est froide! Il va geler. — (*Elle s'avance sans hésitation vers les étranges et pâles asphodèles, mais elle est arrêtée par l'arbre renversé et les quartiers de roc, aux environs des fleurs.*) — Elles sont ici! — Je ne puis pas y atteindre; elles sont de votre côté.

LE SIXIÈME AVEUGLE.

Je crois que je les cueille.

(*Il cueille, à tâtons, les fleurs épargnées, et les lui offre; les oiseaux nocturnes s'envolent.*)

LA JEUNE AVEUGLE.

Il me semble que j'ai vu ces fleurs autrefois... Je ne sais plus leur nom... Mais comme elles sont malades, et comme leur tige est molle! Je ne les reconnais presque pas... Je crois que c'est la fleur des morts...

(Elle tresse des asphodèles dans sa chevelure.)

LE PLUS VIEIL AVEUGLE.

J'entends le bruit de vos cheveux.

LA JEUNE AVEUGLE.

Ce sont les fleurs...

LE PLUS VIEIL AVEUGLE.

Nous ne vous verrons pas...

LA JEUNE AVEUGLE.

Je ne me verrai pas non plus... J'ai froid.

(En ce moment, le vent s'élève dans la forêt, et la mer mugit, tout à coup et violemment, contre des falaises très voisines.)

PREMIER AVEUGLE-NÉ.

Il tonne!

DEUXIÈME AVEUGLE-NÉ.

Je crois que c'est une tempête qui s'élève.

LA PLUS VIELLE AVEUGLE.

Je crois que c'est la mer.

TROISIÈME AVEUGLE-NÉ.

La mer? — Est-ce que c'est la mer? — Mais elle est à deux pas de nous! — Elle est à côté de nous! Je l'entends tout autour de moi! — Il faut que ce soit autre chose!

LA JEUNE AVEUGLE.

J'entends le bruit des vagues à mes pieds.

PREMIER AVEUGLE-NÉ.

Je crois que c'est le vent dans les feuilles mortes.

LE PLUS VIEIL AVEUGLE.

Je crois que les femmes ont raison.

TROISIÈME AVEUGLE-NÉ.

Elle va venir ici!

PREMIER AVEUGLE-NÉ.

D'où vient le vent?

DEUXIÈME AVEUGLE-NÉ.

Il vient du côté de la mer.

LE PLUS VIEIL AVEUGLE.

Il vient toujours du côté de la mer; elle

nous entoure de tous côtés. Il ne peut pas venir d'autre part...

PREMIER AVEUGLE-NÉ.

Ne songeons plus à la mer!

DEUXIÈME AVEUGLE NÉ.

Mais il faut y songer puisqu'elle va nous atteindre!

PREMIER AVEUGLE-NÉ.

Vous ne savez pas si c'est elle.

DEUXIÈME AVEUGLE-NÉ.

J'entends ses vagues comme si j'allais y tremper les deux mains! Nous ne pouvons pas rester ici! Elles sont peut-être autour de nous!

LE PLUS VIEIL AVEUGLE.

Où voulez-vous aller?

DEUXIÈME AVEUGLE-NÉ.

N'importe où! n'importe où! Je ne veux plus entendre le bruit de ces eaux! Allons-nous-en! Allons-nous-en!

TROISIÈME AVEUGLE-NÉ.

Il me semble que j'entends encore autre chose. — Écoutez!

(On entend un bruit de pas précipités et lointains, dans les feuilles mortes.)

PREMIER AVEUGLE-NÉ.

Il y a quelque chose qui s'approche!

DEUXIÈME AVEUGLE-NÉ.

Il vient! Il vient! Il revient!

TROISIÈME AVEUGLE-NÉ.

Il vient à petits pas, comme un petit enfant...

DEUXIÈME AVEUGLE-NÉ.

Ne lui faisons pas de reproches aujourd'hui!

LA PLUS VIEILLE AVEUGLE.

Je crois que ce n'est pas le pas d'un homme!

(Un grand chien entre dans la forêt, et passe devant les aveugles. — Silence.)

PREMIER AVEUGLE-NÉ.

Qui est-là? — Qui êtes-vous? — Ayez pitié de nous, nous attendons depuis si longtemps!... (*Le chien s'arrête et vient poser les pattes de devant sur les genoux de l'aveugle.*) Ah! ah! qu'avez-vous mis sur mes genoux? Qu'est-ce que c'est?... Est-ce une bête? — Je crois que c'est un chien?... Oh! oh! c'est le chien! c'est le chien de l'hospice! Viens ici! viens ici! Il vient nous délivrer! Viens ici! viens ici!

LES AUTRES AVEUGLES.

Viens ici! viens ici!

PREMIER AVEUGLE-NÉ.

Il vient nous délivrer! Il a suivi nos traces jusqu'ici! Il me lèche les mains comme s'il me retrouvait après des siècles! Il hurle de joie! Il va mourir de joie! écoutez! écoutez!

LES AUTRES AVEUGLES.

Viens ici! viens ici!

LE PLUS VIEIL AVEUGLE.

Il précède peut-être quelqu'un?...

PREMIER AVEUGLE-NÉ.

Non, non, il est seul. — Je n'entends rien venir. — Il ne nous faut pas d'autre guide; il n'y en a pas de meilleur. Il nous conduira partout où nous voulons aller; il nous obéira...

LA PLUS VIEILLE AVEUGLE.

Je n'ose pas le suivre...

LA JEUNE AVEUGLE.

Moi non plus.

PREMIER AVEUGLE-NÉ.

Pourquoi pas? Il y voit mieux que nous.

DEUXIÈME AVEUGLE-NÉ.

N'écoutons pas les femmes!

TROISIÈME AVEUGLE-NÉ.

Je crois qu'il y a quelque chose de changé dans le ciel; je respire librement; l'air est pur maintenant...

LA PLUS VIEILE AVEUGLE.

C'est le vent de la mer qui passe autour de nous.

LA SIXIÈME AVEUGLE.

Il me semble qu'il va faire clair; je crois que le soleil se lève...

LA PLUS VIEILLE AVEUGLE.

Je crois qu'il va faire froid...

PREMIER AVEUGLE-NÉ.

Nous allons retrouver notre route. Il m'entraîne!... il m'entraîne. Il est ivre de joie! — Je ne peux plus le retenir!... Suivez-moi! suivez-moi? Nous retournons à la maison!...

(Il se lève, entraîné par le chien qui le mène vers le prêtre immobile, et s'arrête.)

LES AUTRES AVEUGLES.

Où êtes-vous? Où êtes-vous?—Où allez-vous?—Prenez garde!

PREMIER AVEUGLE-NÉ.

Attendez! attendez! Ne me suivez pas encore; je reviendrai... Il s'arrête. — Qu'y a-t-il?—Ah! ah! J'ai touché quelque chose de très froid!

DEUXIÈME AVEUGLE-NÉ.

Que dites-vous ? — On n'entend presque plus votre voix.

PREMIER AVEUGLE-NÉ.

J'ai touché !... Je crois que je touche un visage !

TROISIÈME AVEUGLE-NÉ.

Que dites-vous ? — On ne vous comprend presque plus. Qu'avez-vous ? — Où êtes-vous ? — Etes-vous déjà si loin de nous ?

PREMIER AVEUGLE-NÉ.

Oh ! oh ! oh ! — Je ne sais pas encore ce que c'est... — Il y a un mort au milieu de nous !

LES AUTRES AVEUGLES.

Un mort au milieu de nous ? — Où êtes-vous ? où êtes-vous ?

PREMIER AVEUGLE-NÉ.

Il y a un mort parmi nous, vous dis-je ! Oh ! oh ! j'ai touché le visage d'un mort ! — Vous êtes assis à côté d'un mort ! Il faut que l'un de nous soit mort subitement !

Mais parlez donc, afin que je sache ceux qui vivent ! Où êtes-vous? — Répondez ! répondez tous ensemble !

(*Les aveugles répondent successivement, à l'exception de l'aveugle folle et de l'aveugle sourd; les trois vieilles ont cessé leurs prières.*)

PREMIER AVEUGLE-NÉ.

Je ne distingue plus vos voix !... Vous parlez tous de même !... Elles tremblent toutes !

TROISIÈME AVEUGLE-NÉ.

Il y en a deux qui n'ont pas répondu... Où sont-ils?

(*Il touche de son bâton le cinquième aveugle.*)

LE CINQUIÈME AVEUGLE.

Oh! oh! J'étais endormi ; laissez-moi dormir !

LE SIXIÈME AVEUGLE.

Ce n'est pas lui. — Est-ce la folle ?

LA PLUS VIEILLE AVEUGLE.

Elle est assise à côté de moi; je l'entends vivre...

PREMIER AVEUGLE-NÉ.

Je crois... Je crois que c'est le prêtre! — Il est debout! Venez! venez! venez!

DEUXIÈME AVEUGLE-NÉ.

Il est debout?

TROISIÈME AVEUGLE-NÉ.

Il n'est pas mort alors!

LE PLUS VIEIL AVEUGLE.

Où est-il?

LE SIXIÈME AVEUGLE.

Allons voir!...

(*Ils se lèvent tous, à l'exception de la folle et du cinquième aveugle, et s'avancent, à tâtons, vers le mort.*

DEUXIÈME AVEUGLE-NÉ.

Est-il ici? — Est-ce lui?

TROISIÈME AVEUGLE-NÉ.

Oui! oui! je le reconnais!

PREMIER AVEUGLE-NÉ.

Mon Dieu! mon Dieu! Qu'allons-nous devenir!

LA PLUS VIEILLE AVEUGLE.

Mon père! mon père! — Est-ce vous? mon père, qu'est-il donc arrivé? — Qu'avez-vous? — Répondez-nous! — Nous sommes tous autour de vous... Oh! oh! oh!

LE PLUS VIEIL AVEUGLE.

Apportez de l'eau; il vit peut-être encore...

DEUXIÈME AVEUGLE-NÉ.

Essayons... Il pourra peut-être nous reconduire à l'hospice...

TROISIÈME AVEUGLE-NÉ.

C'est inutile; je n'entends plus son cœur. — Il est froid...

PREMIER AVEUGLE-NÉ.

Il est mort sans rien dire.

TROISIÈME AVEUGLE-NÉ.

Il aurait dû nous prévenir.

DEUXIÈME AVEUGLE-NÉ.

Oh! comme il était vieux!... C'est la première fois que je touche son visage...

TROISIÈME AVEUGLE-NÉ (*tâtant le cadavre*).

Il est plus grand que nous!...

DEUXIÈME AVEUGLE-NÉ.

Ses yeux sont grands ouverts; il est mort les mains jointes...

PREMIER AVEUGLE-NÉ.

Il est mort, ainsi sans raison...

DEUXIÈME AVEUGLE-NÉ.

Il n'est pas debout, il est assis sur une pierre...

LA PLUS VIEILLE AVEUGLE.

Mon Dieu! mon Dieu! Je ne savais pas tout cela!... tout cela!... Il était malade depuis si longtemps... Il a dû souffrir aujourd'hui!... Oh! oh! oh! — Il ne se plaignait pas... Il ne se plaignait qu'en nous serrant les mains... On ne comprend pas toujours.... On ne comprend jamais!... Allons prier autour de lui; mettez-vous à genoux...

(*Les femmes s'agenouillent en gémissant.*)

PREMIER AVEUGLE-NÉ.

Je n'ose pas me mettre à genoux...

DEUXIÈME AVEUGLE-NÉ.

On ne sait pas sur quoi l'on s'agenouille ici...

TROISIÈME AVEUGLE-NÉ.

Etait-il malade?... Il ne nous l'a pas dit...

DEUXIÈME AVEUGLE-NÉ.

J'ai entendu qu'il parlait à voix basse en s'en allant... Je crois qu'il parlait à notre jeune sœur; qu'a-t-il dit?

PREMIER AVEUGLE-NÉ.

Elle ne veut pas répondre.

DEUXIÈME AVEUGLE-NÉ.

Vous ne voulez plus nous répondre? — Où donc êtes-vous? — Parlez!

LA PLUS VIEILLE AVEUGLE.

Vous l'avez trop fait souffrir; vous l'avez fait mourir... Vous ne vouliez plus avancer; vous vouliez vous asseoir sur les pierres de la route, pour manger; vous avez murmuré tout le jour... Je l'entendais soupirer... Il a perdu courage...

PREMIER AVEUGLE-NÉ.

Etait-il malade? le saviez-vous?

LE PLUS VIEIL AVEUGLE.

Nous ne savions rien... Nous ne l'avons jamais vu... Quand donc avons-nous su quelque chose sous nos pauvres yeux morts?... Il ne se plaignait pas... Maintenant c'est trop tard... J'en ai vu mourir trois... mais jamais ainsi!... Maintenant c'est à notre tour...

PREMIER AVEUGLE-NÉ.

Ce n'est pas moi qui l'ai fait souffrir. — Je n'ai rien dit...

DEUXIÈME AVEUGLE-NÉ.

Moi non plus; nous l'avons suivi sans rien dire...

TROISIÈME AVEUGLE-NÉ.

Il est mort en allant chercher de l'eau pour la folle...

PREMIER AVEUGLE-NÉ.

Qu'allons-nous faire maintenant? Où irons-nous?

TROISIÈME AVEUGLE-NÉ.

Où est le chien?

PREMIER AVEUGLE-NÉ.

Ici; il ne veut pas s'éloigner du mort.

TROISIÈME AVEUGLE-NÉ.

Entraînez-le! Ecartez-le! écartez-le!

PREMIER AVEUGLE-NÉ.

Il ne veut pas quitter le mort!

DEUXIÈME AVEUGLE-NÉ.

Nous ne pouvons pas attendre à côté d'un mort!... Nous ne pouvons pas mourir ici dans les ténèbres!

TROISIÈME AVEUGLE-NÉ.

Restons ensemble; ne nous écartons pas

les uns des autres; tenons-nous par la main; asseyons-nous tous sur cette pierre... Où sont les autres... Venez ici! venez! venez!

LE PLUS VIEIL AVEUGLE.

Où êtes-vous?

TROISIÈME AVEUGLE-NÉ.

Ici; je suis ici. Sommes-nous tous ensemble? — Venez plus près de moi. — Où sont vos mains? — Il fait très froid.

LA JEUNE AVEUGLE.

Oh! comme vos mains sont froides!

TROISIÈME AVEUGLE-NÉ.

Que faites-vous?

LA JEUNE AVEUGLE.

Je mettais les mains sur mes yeux; je croyais que j'allais voir tout à coup...

PREMIER AVEUGLE-NÉ.

Qui est-ce qui pleure ainsi?

LA PLUS VIEILLE AVEUGLE.

C'est la folle qui sanglote.

PREMIER AVEUGLE-NÉ.

Elle ne sait pas la vérité cependant?

LE PLUS VIEIL AVEUGLE.

Je crois que nous allons mourir ici...

LA PLUS VIEILLE AVEUGLE.

Quelqu'un viendra peut-être...

LE PLUS VIEIL AVEUGLE.

Qui est-ce qui viendrait encore ?...

LA PLUS VIEILLE AVEUGLE.

Je ne sais pas.

PREMIER AVEUGLE-NÉ.

Je pense que les religieuses sortiront de l'hospice...

LA PLUS VIEILLE AVEUGLE.

Elles ne sortent pas le soir.

LA JEUNE AVEUGLE.

Elles ne sortent jamais.

DEUXIÈME AVEUGLE-NÉ.

Je pense que les hommes du grand phare nous apercevront...

LE PLUS VIEIL AVEUGLE.

Ils ne descendent pas de leur tour.

TROISIÈME AVEUGLE-NÉ.

Ils nous verront peut-être...

LA PLUS VIEILLE AVEUGLE.

Ils regardent toujours du côté de la mer.

TROISIÈME AVEUGLE-NÉ.

Il fait froid!

LE PLUS VIEIL AVEUGLE.

Ecoutez les feuilles mortes ; je crois qu'il gèle.

LA JEUNE AVEUGLE.

Oh! comme la terre est dure!

TROISIÈME AVEUGLE-NÉ.

J'entends, à ma gauche, un bruit que je ne comprends pas...

LE PLUS VIEIL AVEUGLE.

C'est la mer qui gémit contre les rochers.

TROISIÈME AVEUGLE-NÉ.

Je croyais que c'étaient les femmes.

LA PLUS VIEILLE AVEUGLE.

J'entends les glaçons se briser sous les vagues...

PREMIER AVEUGLE-NÉ.

Qui est-ce qui grelotte ainsi? il nous fait trembler tous sur la pierre!

DEUXIÈME AVEUGLE-NÉ.

Je ne puis plus ouvrir les mains.

LE PLUS VIEIL AVEUGLE.

J'entends encore un bruit que je ne comprends pas...

PREMIER AVEUGLE-NÉ.

Qui est-ce qui grelotte ainsi parmi nous? Il fait trembler la pierre!

LE PLUS VIEIL AVEUGLE.

Je crois que c'est une femme.

LE PLUS VIEIL AVEUGLE.

Je crois que c'est la folle qui grelotte le plus fort.

TROISIÈME AVEUGLE-NÉ.

On n'entend pas son enfant.

LA PLUS VIEILLE AVEUGLE.

Je crois qu'il tette encore.

LE PLUS VIEIL AVEUGLE.

Il est le seul qui puisse voir où nous sommes!

PREMIER AVEUGLE-NÉ.

J'entends le vent du Nord.

LE SIXIÈME AVEUGLE.

Je crois qu'il n'y a plus d'étoiles; il va neiger.

DEUXIÈME AVEUGLE-NÉ.

Nous sommes perdus alors!

TROISIÈME AVEUGLE-NÉ.

Si l'un de nous s'endort, il faut qu'on le réveille.

LE PLUS VIEIL AVEUGLE.

J'ai sommeil cependant!

(Une rafale fait tourbillonner les feuilles mortes.)

LA JEUNE AVEUGLE.

Entendez-vous les feuilles mortes? — Je crois que quelqu'un vient vers nous!

DEUXIÈME AVEUGLE-NÉ.

C'est le vent ; écoutez!

TROISIÈME AVEUGLE-NÉ.

Il ne viendra plus personne!

LE PLUS VIEIL AVEUGLE.

Les grands froids vont venir...

LA JEUNE AVEUGLE.

J'entends marcher dans le lointain!

PREMIER AVEUGLE-NÉ.

Je n'entends que les feuilles mortes!

LA JEUNE AVEUGLE.

J'entends marcher très loin de nous!

DEUXIÈME AVEUGLE-NÉ.

Je n'entends que le vent du Nord!

LA JEUNE AVEUGLE.

Je vous dis que quelqu'un vient vers nous!

LA PLUS VIEILLE AVEUGLE.

J'entends un bruit de pas très lents...

LE PLUS VIEIL AVEUGLE.

Je crois que les femmes ont raison !

(*Il commence à neiger à gros flocons.*)

PREMIER AVEUGLE-NÉ.

Oh ! oh ! qu'est-ce qui tombe de si froid sur mes mains ?

SIXIÈME AVEUGLE.

Il neige !

PREMIER AVEUGLE-NÉ.

Serrons-nous les uns contre les autres !

LA JEUNE AVEUGLE.

Ecoutez donc le bruit des pas !

LA PLUS VIEILLE AVEUGLE.

Pour Dieu ! faites silence un instant !

LA JEUNE AVEUGLE.

Ils se rapprochent ! ils se rapprochent ! écoutez donc !

(Ici l'enfant de l'aveugle folle se met à vagir subitement dans les ténèbres.)

LE PLUS VIEIL AVEUGLE.

L'enfant pleure!

LA JEUNE AVEUGLE.

Il voit! il voit! Il faut qu'il voie quelque chose puisqu'il pleure! (*Elle saisit l'enfant dans ses bras et s'avance dans la direction d'où semble venir le bruit des pas; les autres femmes la suivent anxieusement et l'entourent.*) Je vais à sa rencontre!

LE PLUS VIEIL AVEUGLE.

Prenez garde!

LA JEUNE AVEUGLE.

Oh! comme il pleure! — Qu'y a-t-il! — Ne pleure pas. — N'aie pas peur; il n'y a rien à craindre, nous sommes ici; nous sommes autour de toi. — Que vois-tu? — Ne crains rien. — Ne pleure pas ainsi! — Que vois-tu! — Dis, que vois-tu?

LA PLUS VIEILLE AVEUGLE.

Le bruit des pas se rapproche par ici ; écoutez donc ! écoutez donc !

LE PLUS VIEIL AVEUGLE.

J'entends le frôlement d'une robe contre les feuilles mortes.

LA SIXIÈME AVEUGLE.

Est-ce une femme ?

LE PLUS VIEIL AVEUGLE.

Est-ce que c'est un bruit de pas ?

PREMIER AVEUGLE-NÉ.

C'est peut-être la mer dans les feuilles mortes ?

LA JEUNE AVEUGLE.

Non, non ! ce sont des pas ! ce sont des pas ! ce sont des pas !

LA PLUS VIEILLE AVEUGLE.

Nous allons le savoir ; écoutez donc les feuilles mortes.

LA JEUNE AVEUGLE.

Je les entends, je les entends presque à côté de nous! écoutez! écoutez! — Que vois-tu? Que vois-tu?

LA PLUS VIEILLE AVEUGLE.

De quel côté regarde-t-il?

LA JEUNE AVEUGLE.

Il suit toujours le bruit des pas! — Regardez! regardez! Quand je le tourne il se retourne pour voir... Il voit! il voit! il voit! — Il faut qu'il voie quelque chose d'étrange!...

LA PLUS VIEILLE AVEUGLE (*elle s'avance*).

Elevez-le au dessus de nous, afin qu'il puisse voir.

LA JEUNE AVEUGLE.

Ecartez-vous! écartez-vous! (*Elle élève l'enfant au dessus du groupe d'aveugles.*) — Les pas se sont arrêtés parmi nous!...

LA PLUS VIEILLE AVEUGLE.

Ils sont ici! Ils sont au milieu de nous!...

LA JEUNE AVEUGLE.

Qui êtes-vous?

(Silence.)

LA PLUS VIEILLE AVEUGLE.

Ayez pitié de nous!

(Silence. — L'enfant pleure plus désespérément.)

FIN DES AVEUGLES.

Bruxelles. — Imprimerie A. Lefèvre, rue St-Pierre, 9.

Paul LACOMBLEZ, Editeur

31, rue des Paroissiens, 31.

BRUXELLES.

EXTRAIT DU CATALOGUE

COLLECTION IN-18 JÉSUS

[illegible]ttre (Louis). Contes de mon village

[illegible]lder (Eugène). Contes d'Yperdamme

[illegible]mbiaux (Maurice). Vers de l'Espoir.

[illegible] (Jules). Journal des Dames [illegible]

[illegible]oud (Georges). Les Feuilles de Malines [illegible]

[illegible] (Adolphe). [illegible]

[illegible]

[illegible]ville (Baron de). En Vacances [illegible]

[illegible]

[illegible] (Maurice). La Princesse [illegible]

[illegible]

www.ingramcontent.com/pod-product-compliance
Lightning Source LLC
LaVergne TN
LVHW012010220826
846092LV00001B/305

9782329772356